Ki

Lokra est née à Paris en 1957. Après avoir été bibliothécaire, elle collabore aux revues *J'aime lire*, *Pomme d'Api* et *Astrapi*. Très intéressée par les travaux de Laurence Lentin sur les enfants et le langage, elle s'en inspire fréquemment pour écrire ses contes et ses histoires.

Du même auteur dans Bayard Poche :
La dame et la mouche (Les belles histoires)

Robin et Jocelyn Wild
Robin est né en 1936 en Grande-Bretagene, Jocelyn en 1941 aux Indes. Tous deux diplômés d'écoles d'art graphiques, ils écrivent et dessinent pour les enfants. Ils vivent dans une ferme du Somerset avec leurs deux enfants, entourés de nombreux animaux. Plusieurs de leurs albums sont publiés en France par Bayard Éditions et l'École des Loisirs.

Dans Bayard Poche, Robin et Jocelyn Wild ont écrit :
Le pique-nique (Les belles histoires)

© Bayard Éditions, 1992
Bayard Éditions est une marque
du département Livre de Bayard Presse
Tous droits réservés. Reproduction même partielle interdite.
ISBN 2.227.72128.6

Kifédébuldanlo

**Une histoire écrite par Lokra
illustrée par Robin et Jocelyn Wild**

Quatrième édition

BAYARD ÉDITIONS

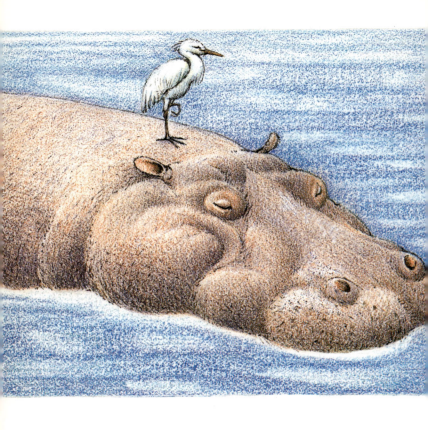

Cette histoire s'est passée
quelque part en Afrique, loin, loin d'ici.
Dans un petit village, au bord de l'eau,
le vieil hippopotame Kifédébuldanlo
avait l'habitude de faire la sieste
dans la rivière.

Comme il était content
quand le soleil
lui chatouillait les naseaux*,
quand son ventre clapotait*
dans l'eau tiède !
Kifédébuldanlo était gentil
avec les enfants
qui voulaient traverser la rivière.
Il les prenait sur son dos
pour les déposer de l'autre côté.

*Ce mot est expliqué page 44, n° 1, n° 2

Oui, il était gentil,
mais il détestait qu'on se moque de lui.
Au village, il y avait une petite fille,
Mala, et son petit frère Maki.
Tous les deux adoraient
patauger dans l'eau
et jouer à des jeux-qui-mouillent.
Ils regardaient Kifédébuldanlo de loin,
sans rien dire.
Mais un après-midi,
Maki a senti des chatouillis sur sa langue
et il n'a pas pu s'empêcher
de chantonner :
– Oh, oh, le vieux père hippopo,
comme son ventre est gras et gros,
comme ses oreilles sont petites,
comme il a l'air idiot !

Le vieux Kifédébuldanlo
a dressé une oreille,
il a ouvert un coin de son œil
et il a regardé Maki d'une drôle de façon.
Il n'a rien dit et il est allé s'installer
un peu plus loin dans l'eau,
en faisant de grosses bulles
avec son gros mufle[*].

[*]Ce mot est expliqué page 45, n° 3

Le lendemain, Mala et Maki
sont revenus au bord de l'eau.
Ils voulaient traverser la rivière
pour cueillir des bananes.
Mala était la plus grande
et elle savait parler
aux vieux hippopotames grincheux.*
Elle a appelé :
– O, toi, monsieur hippopo,
qui nages si vite, qui es si beau,
porte-nous sur ton dos.

Kifédébuldanlo s'est approché
en nageant lentement.

*Ce mot est expliqué page 45, n° 4

Il aimait bien cette petite fille
qui disait des paroles qui plaisent.
– Bien sûr, Mala, grimpe sur mon dos,
mais dis à ton frère de se taire
ou je ne sais pas ce qui arrivera.

Mala et Maki
ont grimpé sur le dos de l'hippopotame.
C'était amusant
de laisser pendre ses pieds dans l'eau
et d'avancer si vite, sur un bateau vivant
qui nage et qui renifle.
Maki a été très sage,
il n'a rien chuchoté, rien chantonné.

Quand ils sont arrivés de l'autre côté,
Mala et Maki ont cueilli
beaucoup de bananes.

Le soir,
Kifédébuldanlo est venu
chercher les enfants
et Mala lui a redit les paroles
qui font plaisir :
– O, toi, monsieur hippopo,
qui nages si vite, qui es si costaud,
ramène-nous sur ton dos.

Kifédébuldanlo a fait un grand sourire
sous l'eau,
ce qui a fait plein de grosses bulles :
– Montez, mes enfants.

Et il s'est mis à nager.
Mais cette fois-ci,
Maki n'avait plus envie d'être sage,
il était tout excité.

Il a chuchoté en se bouchant le nez :
— Je redifle avec bon dez
qui, qui pue cobe ça ?
Quelle bauvaise odeur dans bes darides !
C'est cet hippopotabe-là !

Maki avait dit les paroles
qu'il ne faut jamais dire!
Alors, Kifédébuldanlo a tourné la tête
et il a regardé Maki d'une drôle de façon.
Il lui a dit:
– Viens plus près
sur ma tête, je n'entends pas bien!

Maki sans se méfier a grimpé sur sa tête.
Il a fredonné de nouveau:
– Qui, qui, qui pue ainsi?

Mais il n'a rien pu chanter d'autre,
car l'hippopotame a ouvert
son énorme gueule et il l'a avalé !

Il a ramené Mala à terre.
Elle pleurait, elle pleurait, la pauvre.
Elle suppliait Kifédébuldanlo
de lui rendre son petit frère,
mais rien à faire,
Kifédébuldanlo lui répondait toujours :
– Non, je l'ai avalé,
je ne le recracherai pas.
Il a dit les paroles qu'il ne faut pas.

Alors,
Mala a couru prévenir ses parents
et les gens du village.
Les parents ont supplié au bord de l'eau :
– Ô, monsieur hippopo, rends-nous Maki.
Il ne savait pas, il est trop petit,
jamais, jamais plus,
il ne dira ce qu'il ne faut pas !

Alors, Kifédébuldanlo a répondu
en imitant la petite voix de Maki :
– Non, non, le vieil hippopo qui pue,
le vieux grincheux, le vieil idiot,
qui est si laid, qui est si gros,
ne recrachera pas Maki.

Alors les villageois ont crié :
– Hippopo,
nous te couperons
mille bottes de roseaux,
accepte nos cadeaux
pour devenir encore plus beau.

Mais Kifédébuldanlo
faisait semblant de ne rien entendre,
en restant à moitié enfoncé dans l'eau.

Puis la nuit est tombée
et il s'est senti mal avec ce garçon
qui lui donnait des coups de pied
dans l'estomac.
Il a pensé
que ce serait bien plus agréable
de manger des roseaux.

Il a grogné :
– Bon, je veux bien vos roseaux.

Kifédébuldanlo a ouvert sa gueule rose,
il a bâillé, bâillé
... et il a recraché Maki tout gluant,
qui avait bien mal au cœur.

Les gens se sont mis à couper les roseaux pour remercier Kifédébuldanlo.

Quel travail !
Ils en ont coupé trois jours et trois nuits !

Quand le travail a été fini,
pendant que l'hippopotame
finissait de tout dévorer,
les gens du village se sont assis par terre
en disant:
– Oulala ouf!

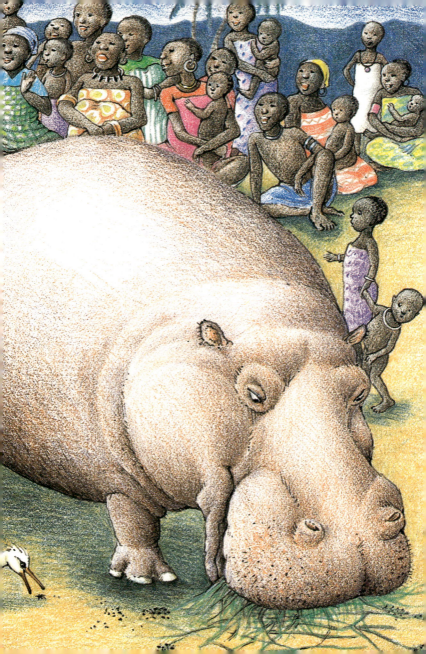

Puis ils se sont mis à chanter pour Maki, le petit-garçon-qui-était-ressorti-du-ventre-de-l'hippopotame.

Sa maman lui a fait
un premier gros câlin,
son papa lui a fait
un deuxième gros câlin,
Mala lui a fait
un troisième gros câlin.

Et Maki s'est endormi tout content,
tout contre sa maman,
au milieu des chansons.

LES MOTS DE L'HISTOIRE

1. Les **naseaux**, ce sont les narines des gros animaux, comme le cheval ou la vache.

2. **Clapoter,** c'est faire un bruit de petites vagues en remuant de l'eau.

3. Le nez des animaux s'appelle un **mufle** quand il n'a pas de poils. Quand il a des poils, il s'appelle un museau.

4. Un **grincheux**, c'est quelqu'un qui est de mauvaise humeur et qui grogne tout le temps.

***Les belles histoires**, de Bayard Poche, c'est une série de livres pour rire, s'émouvoir et rêver.*

Des livres d'humour
***Les mots de Zaza** (BH 25)*
Zaza est une souris rigolote qui collectionne... les mots. Les petits, les moyens, mais aussi les gros... Ceux qui font scandale et froid dans le dos !
Écrit par Jacqueline Cohen et illustré par Bernadette Després

Des livres sur la vie, ses joies, ses peines
***Poulou et Sébastien** (BH 17)*
Ils sont si différents qu'ils n'auraient jamais dû se rencontrer. Mais l'amitié, ça peut être aus… un coup de foudre !
Écrit par René Escudié et illustré par Ulises Wensell.

Des livres où les animaux sont les héros
***Mic la souris** (BH 5)*
Trouver une maison de souris, ce n'est pas facile quand le soulier et le cartable ont déjà des locatair…
Écrit par Anne-Marie Chapouton et illustré par Thierry Cour…

Et aussi des contes, des histoires fantastiques, du frisson...

Tous les mois, la lecture plaisir avec le magazine de ton choix

Les Belles Histoires
Dès 3 ans.
belle histoire *qui arrive tous*
nois, c'est une chance de plus
de partir chaque soir dans de
nouvelles aventures
extraordinaires. Avec en
supplément des jeux, des
insons et les héros espiègles :
Charlotte et Henri.

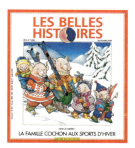

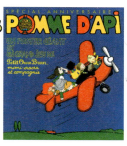

Pomme d'Api
Dès 3 ans.
Avec Petit Ours Brun, Mimi
Cracra et compagnie, envole-
toi à la découverte du monde !
Il n'y a pas mieux que les
histoires, les jeux et les
surprises de **Pomme d'Api**
pour rire, s'amuser, inventer.

Youpi
Dès 4 ans.
De la maternelle au CE1.
ce le vent qui fait avancer les
ns ? Pourquoi il pleut ? Pour
tout savoir sur l'histoire, les
animaux, les sciences et la
nature, retrouve tous les mois
Youpi *le petit curieux.*

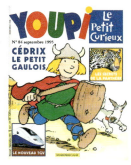

tu veux recevoir un magazine en cadeau ou t'abonner, tél. : **01 44 21 60 00**

Achevé d'imprimer en janvier 1997 par OBERTHUR Graphique
35000 Rennes - N° 630
Dépôt légal : novembre 1992 - N° d'éditeur 2769
Imprimé en France